KB120592

붉은 입술을 내밀고

천년의시 0154

붉은 입술을 내밀고

1판 1쇄 펴낸날 2024년 2월 23일
지은이 박경임
펴낸이 이재무
기획위원 김춘식, 유성호, 이형권, 임지연, 차성환, 홍용희
책임편집 박예솔
편집디자인 민성돈, 김지웅, 정영아
펴낸곳 (주)천년의시작
등록번호 제301-2012-033호
등록일자 2006년 1월 10일
주소 (03132) 서울시 종로구 삼일대로32길 36 운현신화타워 502호
전화 02-723-8668
팩스 02-723-8630
블로그 blog.naver.com/poemsijak
이메일 poemsijak@hanmail.net

박경임ⓒ, 2024, printed in Seoul, Korea

ISBN 978-89-6021-756-0
    978-89-6021-105-6 04810(세트)

값 11,000원

*이 책 내용의 전부 또는 일부를 재사용하려면 반드시 저작권자와 (주)천년의시작 양측의
 동의를 받아야 합니다.
*잘못된 책은 바꾸어 드립니다.
*지은이와 협의에 의해 인지는 생략합니다.

붉은 입술을 내밀고

박경임 시집

천년의시작

시인의 말

처음은 항상 설렘과 기대로 다가온다.

첫사랑, 첫 아이, 첫 직장을 가졌을 때처럼 두려움과 설렘이 교차하는 시간이다

가슴에 품은 이야기 담아 첫 시집을 엮으며 다시 설렘에 젖는다.

삶의 편린들이 풀어낸 내 시들은 사는 동안 나를 치유하는 약이 되어 주었다.

흑석동은 나의 시심의 고향이다.

가난한 시절, 아버지의 좌절과 엄마의 강한 생활력에서 인생을 배웠다.

그 시절 버스 정류장에는 입석 버스와 좌석 버스 줄이 달랐다.

비 오는 날이면 한 번쯤 좌석 버스 줄에
서 보고 싶은 마음을 외면하며 수많은 선택의 순간을 경험하
게 되었다.
〈애니로리〉를 불러 주던 대학생 오빠.
석양이 아름다운 한강 인도교 위를 달리던 전차.
석탄 난로 위에 도시락을 데우며 정겹던 어린 날의 친구들.
아팠지만 아련히 남은 기억들이 한 권의 시가 되었다.
꿈을 버리지 않고 간직한 덕분에 시인이라는 날개를 달았다.
그리고 내 이름자 새겨진 책을 가지게 되어 행복하다.
아직 끝내지 못한 많은 이야기가 다시 시가 되기를 바라며.

2024년 2월에

차 례

시인의 말

제1부 블럭 쌓기

제2부 흑석동 이야기

제3부 낮달

제4부 진홍빛 노을

제5부 억새풀

해　설

제1부 블럭 쌓기

라이더

붉은 신호등이 켜지면
도로 위의 벌들은 잠시 숨을 고른다

벌통에서 풍겨 오는 음식 냄새에
빈창자가 꿈틀거린다
하지만 그들이 먹을 것은 없다

헬멧 아래로 흐르는 것은
땀인지 눈물인지
고글 사이로 태양이 외발로 버티고 있다

초록의 눈이 번득이면
우------웅 내달리는 벌 떼들
삶의 파편들이 부딪히는 굉음
고요를 깨는 공기의 파장

스마트폰 액정에 돈으로 치환되는
시간을 가르며
아스팔트 열기 속을 달리는
인간 땅벌.

The Rider

When the red light turns on,
The bees on the road catch their breath for a moment.

The smell of food from the hive
Makes their empty intestines twitch
But they have nothing to eat.

Is it sweat or tears rolling
Under the helmet?
The sun is holding on one leg
Through the goggles.

When the green eyes flash,
Swarms of bees rushing - roaring
The roar of the fragments of life
The wavelengths of air
That breaks the silence

A human bumblebee
Running through the asphalt heat

Through time that is replaced by money

On the smartphone liquid crystal.

· Translated by Lee Keum−hee

앙상블

포장을 새로 한 사거리 도로
피아노 건반이 생겼다
사람들이 파란 신호에 따라
건반 위에 올라선다

막대 사탕을 문 아이들은
손가방 흔들며 칸타빌레*

턱 밑에 수염이 돋기 시작한
한 무리의 남학생은 마르치알레**

출근길이 바쁜
젖은 머리의 아가씨는 비바체***

종이 박스를 모아
유모차에 실은 할머니는 아다지오****

노란 점멸등이 깜박거리고
빨간불이 들어올 찰나
유모차를 대신 밀며

미소가 아름다운 청년의 알레그로*****

도시는 사거리에 모여
합주로 활기찬 아침을 연다

* 칸타빌레: 노래하듯이.

** 마르치알레: 행진곡풍으로.

*** 비바체: 빠르고 경쾌하게.

**** 아다지오: 침착하고 느리게.

***** 알레그로: 빠르고 즐겁게.

Ensemble

On the newly paved intersection road,
A piano keyboard was formed
People stand on the keyboard
Following the green traffic light.

The kids with lollipop in their mouth
Play Cantabile* waving their small bags

A group of boys with beard beginning to grow
Under their chin play Marchiale**

The girl with wet hair busy on the way to work
Plays Vivace***

A grandma collecting the paper boxes in a stroller
Plays Adagio****

When the yellow flashing light is blinking
And the red light comes on,
A young man with beautiful smile pushing

The stroller instead plays Allegro[*****]

The city gathers at the intersection

And opens a lively morning in ensemble

* Cantabile: Like singing softly.

** Marchiale: In a marching style.

*** Vivace: Fast and cheerfully.

**** Adagio: Calmly and Slowly.

***** Allegro: Fast and joyfully.

피아노와 병사

석촌호수 산책로에 피아노 한 대
아무나 자신의 노래를 연주할 수 있다

아직 군복이 어설픈 병사가
피아노에 앉는다
의자 밑에 내려놓은 커다란 배낭에
고단함을 가두고

겨울 찬바람에
굳어 가는 손가락을 비비며
그의 소나타는 이어진다

건반을 누르는 순간
군복 속에서 단절된 시간들이
파편이 되어 날개를 달고
호수 위로 흩어져 간다

그가 바라보는 먼 하늘에
그리움이 하얗게 피어나고
오리 가족 합창 소리 어우러진다

A Piano and A Soldier

A piano on the Seockchon Lake promenade
Anyone can play their own song on it

A soldier who is still clumsy in military uniform
Sits on the piano.
Confining his tiredness
In a big backpack placed under the chair

Rubbing his hardening fingers
In the cold winter breeze
His sonata continues

The moment he presses the keyboard
The times cut off in his military uniform
Become shrapnel and scatter
Over the lake wearing the wings

In the distant sky he stares at,
Nostalgia blooms white and
The chorus of the duck family is in harmony.

가을엔

가을엔 유화를 그려야겠다
가을은
마른 바람의 냄새가 난다
무지개색보다 많은 색을
캔버스에 준비해야겠다
산사를 향해 오르는
돌계단 위에 흐트러진 잎새는
병실 침대에 있는 그녀를 닮아 있다

이승의 삶을 마무리해 가는
침상의 그녀는
흘리지도 못하는 눈물을
가슴에 피딱지로 새기고
낙엽처럼 바스락거리는 손을 내밀어
이별의 몸짓을 한다.
뼈만 남은 그녀는 눈동자만 말개서
맑은 하늘 빛깔이다

화려한 유화 한 귀퉁이에
그녀의 미소도 그려 넣어

고단했던 삶의 여정을 위로하고 싶다
가을은 모든 것을 품어 안아
이별조차도
가슴 깊은 곳에 숨기고
목울대로 넘어오는 울렁거림은
국화차 한 모금으로 달래 본다

In Autumn

In Autumn, I will paint oil paintings.

Autumn

Smells of dry wind.

I will prepare more colors on my canvas

Than rainbow colors.

The leaves scattered on the stone steps

Toward a mountain temple

Resemble her on the bed in the hospital room.

On the bed

Where she is finishing her life,

She etches the tears that she can't shed

Into her chest

And extends her hands that rustle like a fallen leave

To make a parting gesture.

With only her bones left, she has clean eyes

Like a clear sky color.

I want to comfort her arduous journey

By drawing her smile

On a corner of gorgeous oil painting.

Autumn embraces everything

And hides even parting

Deep in her heart.

I soothe the rumbling that cross my throat

With a sip of chrysanthemum tea.

· Translated by Lee Keum—hee

내 친구

마주 앉아 밥을 먹는 동안 그는
표정을 바꾸어 가며
세상 소식을 들려준다
집안일을 하는 동안에도
쉼 없이 깔깔거리며
흥겨운 목소리로 따라다닌다
하루 일을 끝내고
피로에 젖어 잠자리에 누우면
노래도 한 자락 불러 주며 머리를 식혀 준다
혼자인 시간
외로울 새 없이 이런저런 얘기로
나를 달래 주는 그는
25인치 네모난 얼굴의 까만 텔레비전

My friend

While we are eating face-to-face

He changes his expression

And tells us the news of the world.

Even while I do my housework

He laughs without a break

And follows me with a cheerful voice.

When I go to bed tired

At the end of the day's work

He sings a song and cools my head.

Alone time

He soothes me with stories

Without making me feel lonely,

He is a 25 inch square-faced black television.

· Translated by Lee Keum-hee

부초

신도시 개발로 파헤쳐진 한쪽에
붉은 알몸의 동산이 생겼다
바람의 등을 타고 풀씨가 날아와
부끄러운 알몸을 안아 주었고
동산은 초록의 옷을 입고 나풀거렸다

잡초가 어울려 살던 동산에
잔디와 정원수가 도착했다
잡초들은 뽑혀 길가에 널브러지고
동산은 비단잔디로 옷을 갈아입었다
아름다운 정원수로 머리를 다듬고
가르마 같은 산책로가 생기면서
붉은 알몸이던 동산은 공원이라는 이름도 얻었다

좁은 골목길 낡은 의자에 앉아
손자를 기다리던 할머니
그들이 떠난 자리에 머물던 잡초들은
또다시 부초가 되었다
끈질기게 남아
잔디 사이에 뿌리내린 작은 풀꽃이

아침 인사를 건네는데
아직 떠나지 못한 강아지풀이 모여
새벽바람을 견디고 있다

A Floating Weed

A red naked knoll has appeared
On one side dug up by the development of new city
Grass seeds flew on the back of the wind
And hugged the embarrassed naked body,
And the knoll was dressed in green.

Grass and garden trees arrived
In the knoll where weeds lived mingled
The weeds were uprooted and strewn along the roadside
And the knoll was dressed in silk grass.
With beautiful garden trees on the head
And a walkway created,
The red naked knoll got its name as a park.

Grandmother sitting in an old chair
Waiting for her grandson
The weeds that stayed where they left
Became floating weeds again.
The little grass flowers, remained persistent
And rooted among the grass,

Gives a morning greeting.

The puppy grass that has not yet left

Is gathering and withstanding the dawn wind.

· Translated by Lee Keum-hee

블럭 쌓기

하늘 가까이 닿고 싶어
123층 타워에 올랐다.
하늘에서 내려다보니
발아래는
블럭으로 만든 장난감 세상이다

손을 뻗어
아파트 한 동쯤 내게로 옮겨도 될 듯하다
자동차는 정체된 거리에서
충혈된 눈을 깜빡인다.
먹이를 찾는 개미처럼 사람들은
도시의 지하로 사라지기도 한다.

높이 오르니 세상은 작아져서
그 작게 꼬물거리는 것들에 미소가 지어진다.
내가 갖고 싶은 블럭을 찾아 저곳에서
울고 웃던 시간이 허허롭다.
어린아이의 행동을 읽어 내는 어른처럼
높은 곳에서 내려다본 세상은
참 쉬워 보였다

Block—stacking

I wanted to get close to the sky
So I climbed the 123-story tower.
Looking down from the sky
Beneath my feet
Is a world of toys made of blocks.

I can reach out and move it to me
About one apartment building.
The cars blink bloodshot eyes
In the congested street.
Like ants searching for food,
People may disappear into the basement of a city.

As I climb higher, the world becomes smaller
And I smile at those little twists.
The time I spent crying and laughing over there
In search of blocks I wanted was empty.
Like an adult reading the actions of a child,
The world I looked down from a high place
Seemed so easy.

· Translated by Lee Keum—hee

초록 피

입춘이 지났으니 봄이려나
지난봄
재개발 완성으로 넓혀진 도로
그 길에 서 있던 가로수들이
전기톱으로 전신이 잘려
트럭에 실려 가던 날
그들은 초록 피를 흘렸다
뿌리는 그대로 둔 채
새까만 아스팔트
뜨거운 용액이 부어졌다
그 위를 밟을 때마다
발갛게 부어오르던
나이테가 선한데
이 봄
철부지 뿌리는 새까만 어둠 속에서
싹을 틔우려나
도로의 벌어진 틈으로
자꾸만 눈이 간다

Green Blood

Ipchun[*] has passed, so it's spring.

Last spring

The road widened with the completion of redevelopment

The day the trees standing on the road

Were cut off with chain saws

And taken away by trucks.

They shed green blood.

Leaving the roots intact,

Pitch-black asphalt

Hot solution was poured.

Whenever I stepped on it,

I could see the tree rings clearly

That used to swell.

This spring,

Can the still growing roots sprout

In pitch-black darkness?

I keep looking at the gap

On the road.

* Ipchun : onset of the spring, one of the 24 seasonal divisions.

· Translated by Lee Keum-hee

포장마차

오늘 하루 땀에 절은 몸을 끌고
우리 술이 있는 곳으로 가자
살아 내느라 메마른 가슴을
한 잔의 술로 적셔 보자
홀로 술잔을 기울이는 젊은 남자의
날카로운 콧날이 서글프고
들어 주는 이 없는
중년 사내의 너스레는
꼼장어 굽는 연기 속으로 사라져 간다
타인의 허물도 내 아집도 용서하며
그대와 나
가장 밑바닥 가슴에 잔을 채우자
남폿불 심지를 낮추어
술잔에 떨어지는
내 눈물이 보이지 않기를 바라며
우리 술이 있는 곳에서 인생을 이야기하자

Cart Bar

Let's drag our sweaty bodies of today

To the place where there is alcohol.

Let's wet our parched breasts to survive

With a glass of wine.

The sharp nose of a young man tipping his glass alone

Is sad

The middle aged man's nervousness

That no one does listen

Disappears in the smoke of the eel grilling.

Forgive others for their faults and even my own obstinacy

You and I

Let's fill the glass of the bottom chest.

Lower the wick of lamplight

Hoping that my tears falling in the glass

Will not be seen

Let's talk about life in the place where there is alcohol.

· Translated by Lee Keum—hee

제2부 흑석동 이야기

흑석동 1
—동거

밤이면 열두 개의 다리가 꼬물거리던 단칸방
조금 늦게 누우면
모로 들어가야 자리를 잡을 수 있던 방
천장엔 쥐들이 마흔 개쯤의 다리로
밤을 산란하느라 소란스러웠다
잠들지 못하는 가장은
쇠꼬챙이를 갈아 만든 고무줄총으로
눈을 감고 소리를 따라가며 천장을 겨눴다
연좌제에 얽혀
대학 졸업장이 휴지 조각이 되어 버린 남자는
낮 동안
연탄 지게에 지고 다니던 울분을 모아
어금니 꽉 물고 방아쇠를 당긴다
붉은 피와 쥐 오줌이 섞여 천장을 물들이면
쥐들은 침묵으로 장사 지내는지 조용해지고
총부리 끝에 묻은 피를 닦으며
눈을 내리뜨는 남자의 입꼬리가 서늘하다

흑석동 2
―가스중독

남자는 거품 물고 늘어진 가족을
가게 덧문을 뒤집어
말리는 생선처럼 늘어놓았다
일산화탄소가 가득한 방 안을
휘적거리며 식구들을 나르다
남자는 문지방에 걸려 엎어졌다 일어서곤 했다
길가 덧문 위에 누운 아이들은
동네 사람들이 퍼다 주는 동치미 국물을 마시고
다시 토해 내고
팔다리는 널어 놓은 빨래처럼 흔들거렸다
철사 총에 맞아 피 흘리던 쥐들은
구들 사이에 작은 통로를 만들어
젖은 연탄이 뿜어내는 독가스를 밀어 넣고
가스는
열두 개의 다리를 기어올라 입 속으로 들어가고
창자 속에서 소화되지 못한 가스는
거품이 되어 하얗게 뿜어 나왔다

흑석동 3
─눈 화살

밀린 육성회비 가져오라며
교실에서 쫓겨난 어느 날
집으로 가지 않고
강가에 앉아 하늘만 올려다보았다

아버지의 연탄 지게는
겨울 골목길을 누볐지만
육성회비가 되지 못해
다음 날도 교탁 앞에서
선생님의 입에서 쏟아지는
흙빛 언어로 샤워를 했다

멍하니 바라본 칠판 오른쪽에는
선생님 부탁으로 아버지가 써 붙인
국민교육헌장이 나를 바라보고
우리는 역사적 사명을 띠고 이 땅에 태어났다는
글이 입 속에서 걸리적거렸다
뒤통수에 쏘아 대던 아이들의 눈 화살은
아직 내 머릿속에 박혀 있어
난 언제나 머리 손질을 뒤통수부터 한다

흑석동 4
—눈물로 절인 김치

수건으로 머리를 감싸고
김장시장 바닥에 주저앉은 그녀는
하얀 얼굴이 붉어졌다
여자는 세 발 용달차 기사
김장거리 운반은 매일 하면서
정작 자신의 배추는 살 수가 없어
시장 바닥에서 배춧잎 우거지 주워
눈물로 절인 김치를 담갔다
차 바닥에 떨어진 이파리도 보물처럼 모시고
젊은 년이 자기가 주울 것을 가져간다며
우악 떠는 할머니에게 쥐어박혀도
남편을 원망하지 않았다
자기가 운전을 배웠으니 연탄 지게는 지지 말라며
대학을 수석으로 졸업하고
군대에서는 훈장을 두 개나 탄 남편을
쳐다보기도 아까워 선비로 모셔 놓고
언젠가는 비단길 데려다주리라 꿈꾸며
푸른빛만 도는 김장 김치를 버무리며
여자는 배시시 미소를 머금었다

흑석동 5
―빨간 고무 통

좁은 부엌에 놓인 빨간 고무 통
엄마는 때밀이다
남동생 둘부터 통 속에 들어가
앗 뜨거, 앗 따가를 반복하다 나오면
여동생이 들어가고
엄마는 식어 가는 물에
끓는 물 한 바가지 들어붓는다
동생들 옷 챙겨 입히고
나는 제일 꼬래비
물 위에 떠다니는 가난의 허물을 떠내고
뜨거운 물 두 바가지는 호사가 된다
여섯 식구 목욕비가 얼만데 중얼거리는
엄마의 붉은 볼엔
눈물 같은 땀이 흐른다

흑석동 6
—연모시장

아버지가 다른 네 명의 아이
엄마는 붉은 입술을 내밀고
저녁 출근을 한다

큰딸이 안고 있는 막내는
엄마를 따라가겠다며 울어 대는데
돌아서서 동생의 눈물을 닦는
큰딸의 어깨가 무겁다

종일 동네 골목을 뒤지며
쇠못을 그러모으던 남자아이들은
꾀죄죄하게 땀 젖은 몰골로
그녀에게 손 내밀어 십 원을 달란다

연모시장 유리집 안에서
꽃으로 피던 그녀
사랑에 목말라 부나비가 되었나

대접받지 못한 그녀의 사랑은
환상으로 남아 알을 까고

사랑을 믿지 않게 된 그녀는

돈독 오른

연모시장 포주가 되었다

흑석동 7

—토큰 파는 소년

소년은 토큰 장수 엄마 옆에서
부자가 되는 꿈을 꾼다
버스표 열 장을 열한 장으로 자르는
형들을 바라보며 돈 계산이 바쁘다

"국수 한 그릇 먹고 오너라"
엄마가 건네주는 동전을 들고
포장마차로 달려간 소년은
"아줌마 저는 반만 주시고
나머지는 우리 엄마 주면 안 되나요"

소년이 수줍게 내뱉는 말에
포장마차 아줌마는
소년의 국수 그릇에 국물을 더 채우며
"그래 반 그릇" 하며 웃는다
소년은 발그레한 얼굴로 돌아와
아줌마가 엄마를 부른다며
고갯짓을 하고
엄마는 구부러진 무릎을 편다

>
아들의 걱정을 먹고 온 엄마는
반 그릇이 너무 배부르다며
입가에 미소가 가득하고
저무는 버스 정류장에는
집으로 돌아가는 사람들의 온기가
초겨울 거리를 데우고 있다

흑석동 8
─국립 현충원

혼령이 날아다니는 길 따라
충혼당에 이른다
떠다니던 인생을 접고
아버지는 다시 흑석동으로 왔다
봉분도 없이
청자 항아리 안에 담겨 있는 아버지
유리관 안에서 웃고 있다
여행을 좋아했는데
작은 유리관 안
하늘도 바람도 느낄 수 없는 방은
여섯 식구 오글거리던 단칸방 같다
그래도 때 되면 사람들이
거수경례를 하는 곳
화랑무공훈장을 안고
목숨 다해서야 영웅이 된 삶의 열등생
자주 읊조리던 한하운의 「보리피리」 뇌며
향 한 줌 사루어 본다

흑석동 9
―한강 샛강

모래사장 사이에 얕게 흐르던 강물

여름이면 엄마들 빨래터

솥단지 걸어 홑이불 삶아 널면

햇빛은 홑이불 위에 낮잠에 빠지고

아이들은 물장구에 바쁜 하루

엄마와의 나들이가 즐겁고

엄마 얼굴 한번 쳐다보고 물에 한번 빠져 보고

장작불 속에 익어 가는 감자처럼

빨갛게 볼이 익어 가던 날

여름날의 샛강

겨울이면 썰매장되어

미끄럼 타던 얼음판

시간도 미끄러져 짧아지고

철사를 꿰어 만든 아버지표 썰매는

칼날 스케이트 앞에서

주눅 들지 않고 날렵해

쌩쌩 부는 겨울바람에도 지치지 않던 어린 날

빨개진 코를 비비며 건너던

한강 인도교

흑석동 10
―명수대극장

사진 한 장 들고
커다란 간판에 잠든 생명을 깨우던 아저씨
예쁜 문희 얼굴에 눈물 한 방울
감쪽같이 닮은 얼굴 그려 놓고
입에 문 담배에선 연기가 피어올라
간판은 안개 속처럼 아련해지고
몇 발자국 뒤로 가서 가만히 쳐다보던
그 모습 신기해서
쪼그려 앉아 바라보던 날
가게에 붙인 포스터값으로 받은
영화표 한 장으로
《저 하늘에도 슬픔이》를 보고
가라앉지 않던 설움에 잠 못 이루며
명수당 아이스케키 통 메고
극장을 기웃거리던 남자아이의
버짐 핀 얼굴이
영화 속에서 구두통 메고 헤매던
주인공 윤복이 같아
슬퍼 보이던 명수대극장

흑석동 11

―사라진 동네

네모난 나무 상자 만들어
60촉 전구 끼워
이불 속에 넣고 자야 했던
다다미방의 적산가옥

기타를 치며 〈애니 로리〉를 불러
내 가슴을 뛰게 했던
하숙생 오빠가 머물던 낮은 벽돌집

수돗가에 모여 저녁 설거지하며
아줌마들이 수다로 즐겁던
마당을 향해 단칸방이 둘러쳐진 개미집

모두 30층 아파트가 삼켜 버렸다
세단이 들락거리는 늘씬한 청년이 되어
예전 사람들의 흔적은 없다

아직 허물지 않은 '공가' 딱지가 붙은
친구의 식당 앞에 서니
그 속에서 나누던 얘깃거리가

문틈으로 새어 나와

겨울바람 타고 강을 거슬러 오른다

제3부 낮달

다시 이 바다에 같이 설 수 있을까

　허벅지까지 차오르는 눈을 헤집고 사랑을 찾아 오르던 용평의 산길에 남아 있는 기억들 오직 한 사람을 향한 생각으로 설경은 안중에도 없고 발가락이 얼어 가는 것도 모른 채 걸었던 그 길 오늘 그 길이 새삼 아름답다 경포의 푸른 하늘 담은 차창으로 사라진 날의 얘기가 파도를 타고 넘어왔다 나더러 어쩌란 말이냐고 외치며 세상이 반대하던 사랑에 가슴 앓던 그 파도에 대고 오늘 다시 그립다 해 본들 또 어쩌란 말이냐 수없이 다가왔다 사라지는 물결이 예전의 그것이 아니듯 나도 그도 예전의 우리가 아닌 것을 해변의 사라진 소나무를 애석해하듯 잊힌 시간을 아쉬워한들 우리가 다시 이 바다에 같이 설 수 있을까 마주 보던 순간의 빛나던 눈동자가 이끼처럼 남아 있지만 사랑은 그렇게 흘러가는 것이라고 모닥불 속으로 기억의 파편들을 던져 넣는다

꽃바구니

내 생애 기쁜 날
사랑 가득 담긴
꽃바구니 받았네
하얀 장미가 눈부신

하나씩 말라 가는 꽃송이 덜어 내며
마음도 자꾸 쪼그라들어
차마 쓰레기통에 넣지 못하고

군대 간 아들이 보낸
평상복 끌어안고
하루 한 개씩 빨아 널며
아들의 부재를 인정하지 않던
어떤 날처럼

꽃송이 하나하나
그늘에 말려
꽃바구니 안에 담긴
그리움 모아 만든
포푸리 바구니

낮달

기다림에 창백해진 얼굴
따스한 햇살의 기억으로
떨어지지 않는 발길
가던 길 멈추어 섰다

해를 바라보며
가늘게 눈 떠 초승달 되고
마음 부풀려 보름달 되었지만
그 앞에 서면
바라보기도 전에 스러져 버리고

먼 어둠 속에서 보내 주는 빛으로
반사되는 생명
영원히 마주하지 못하지만
등 뒤에 따라오는 손길 느끼며
사라져 가는
창백한 낮달

녹슨 첫사랑

첫사랑이 부서졌다

대대장으로 연병장을 호령하던
계급장 떼고
생을 견디며 도로 위에서 20년

라면으로 아침을 대신하고
사계의 비바람 맞으며
세상과의 사투를 함께한 5톤 트럭

첫사랑으로 함께한 트럭을
이제 보내야 한다며
목소리 갈라지던 남자

녹슨 몸을 버티며 힘들었을 트럭도
끝내 나는 손길을 기억하겠지

가슴 저미어 배웅도 하지 못하고
눈 감고 돌아선 등 뒤로
먼지 일으키며 사라져 간
녹슨 첫사랑

이제는

돌아서 오는 길엔 석양이 붉었다
붉은 눈시울은
무너져 버린 기대감으로 그리움을 박제시키고
이제는 그 누구에게도 눈물 보이지 않기를
한 줄기 연민마저도 안으로 삭이며
흔들리는 심장 소리를 외면하려
차 안 가득 음악을 채우고
큰 소리로 따라 불러 본다
룸미러에 멀어지는 풍경처럼 상실의 시간들이
석양의 색깔로 아프게 각인되어 온다
이제는 그 모습을 떠올리지 않고 잠들 수 있다
이제는 그 모습을 떠올리지 않고 아침을 시작할 수 있다
이제는 그를 향해 흐르는 눈물이 없다
가슴 한쪽이 쪼개지던 아픔도
그리움으로 지새우던 밤도
이제는 내게 없다
사랑은 자기 환상일 뿐이던가
가끔씩 어떤 무거움이 가슴을 짓누르지만
그것이 절망이든 체념이든
이제는 그로부터 편안해지고 싶다

바람에게

바람아
그 강변에 가 보았니
따습게 바라보던 사람이 앉았던 벤치

강물 위에 누우면 편해질 것 같다는 내 말에
가만히 손 내밀어 잡아 주던 그곳
머리칼에 스치는 네 손길에
그 사람의 체취가 묻어 있구나

등에 남아 있는 커다란 손자국
오랜 동결을 풀어 내던 손의 기억이
목 줄기로 넘어오네

누름돌을 찾아 목에 누르며
강물 위로 젖어 드는
노을빛 마음을 거두어 본다

이별조차 서서히 길들여져
느슨해지려니 했는데
가두어 둔 시간 속에서

>
기억은 더 선명해지고
목에 걸린 음식은
자꾸 사레로 걸려 튀어나온다

그리움은 눈썹 끝에 매달려 이슬이 되고
발바닥에 새겨진 추억은
발길 머무는 곳에서 살아 꿈틀거리는데
난 아직 그 강가에 서 있다

전철역 카페

술잔에 떨어지던 남자의 눈물
그 투명한 액체에 녹아들던 이별
마티니를 넘기는 목젖은
자꾸만 딸꾹질 소리를 내고

도착을 알리는 안내 방송과
떠나는 전철의 기계음이
헤어지는 연인들의 낮은 목소리를 앗아 갔다

흔들리는 촛불은 눈물을 떨구며
여자의 얼굴에 희미한 그림자를 씌우고

흐느끼는 재즈의 선율은
남자의 어깨에서 흘러내린다

눈 내리는 날에

하얀 너울 따라 나선 길
어릴 적 친구가 있었네

채워지는 술잔에
추억을 담고
노랫소리 넘쳐났네

사람이 좋다 되며
'힘들 때 웃을 수 있는 사람이 일류'
라는 화장실 낙서에
피식 웃어 보았네

얼굴에 부딪히는 눈송이가
눈물이 되지 않도록 하려던
친구의 다독임이 좋았네

작은 꽃송이 하나 건네는
마음이 고마워
차가운 네온의 거리가 황홀했네

페르소나

등 구부려 스스로 안은 몸
사람의 품으로 들어가고 싶다
사람의 체온으로
차가운 등 데우고
심장에 귀 대고 잠들고 싶다

성근 잠자리 한쪽 내어 주고
서늘한 벽 말고
체온으로 녹여 낸
눈물 한 방울 흘리고 싶다

수많은 가면의 삶이지만
어느 한 순간 나신으로 돌아가
원초적 모습이 되고 싶다

민낯의 미소 머금어
손아귀에 쥔 것들 모두 내려놓고
깊은 잠 속으로 빠져들고 싶다

오직 한 가지

품에 안은 사랑 하나 심연에 들여놓아

불 밝히는 밤을 거두고

하루쯤 여자라는 이름으로만

살아 보면 안 될까

밤 기차

밖의 어둠이 만든 거울에
부딪혀 부서졌던 형상은
하나의 얼굴이 되어 모인다

앞을 막아서는 얼굴은
가슴에 스며 습기가 되고
눅눅해져 가는 얼굴 위로
레일 위를 구르는
바퀴 소리만 다가왔다 멀어져 간다

아기를 어르는 젊은 여인의 나긋한 목소리
보따리를 뒤적거리는 할머니의 손놀림엔
손자들의 미소가 가득하고
스마트폰 게임에 빠진 젊은 남자
타자마자 눈을 감아 버린 중년 사내의 숨소리
비어 있는 옆자리가 고맙다

각기 다른 목적지를 향해 가는 사람들
내 삶의 목적지는 어딘지
다가갈수록 멀어지기만 하는데

밤 기차는
차창에 그리운 얼굴 싣고
어둠을 가르고 있다

섬

좁은 등 가운데
닿을 수 없는 작은 섬
돌기 하나 솟아
양손으로 헤엄쳐 만져 보려 하지만
닿을 듯 닿을 듯
애만 타는데
효자손 다리 놓아 보지만
차갑고 낯설기만 하다
다가가기도 바라보기도 힘든
내 몸에서 가장 먼 곳
그 섬은
내 앞 세상이 보고 싶을까

열지 못하는 문

으스스 한기에 선잠 깬 새벽
어슴푸레한 창을 바라보아도
오늘이 며칠인지
무슨 요일인지 가늠되지 않는다

며칠 되지도 않았는데
세상으로부터 격리된 채 바보가 되어 가고
우리 안의 곰처럼 같은 행동 반복하며
가슴 쳐 보지만
코로나 팬데믹은 타인에 대한 무관심을
정당화해 주고
거리의 사람들은 눈만 마주쳐도
바이러스가 옮겨질까
자신에 묻혀 스마트폰 속으로 숨어든다

혼자인 시간이 처음도 아니건만
사람에 대한 기대도 덧없어
현관문 밖에 웅크린 배달 식품은
햇빛에 눈이 부신데
나는 열지 못하는 문처럼 녹슬어 가나 보다

술 취한 거리

그녀의 젖은 눈동자가
내 발자국 앞에 쏟아진다
보는 이마다
손 벌려 안고 싶어 하던
흔들리는 몸짓이 나를 멈추게 한다

힘껏 안아 달래 보지만
그렇게 풀어질 가슴이라면
눈물 따위 흘리지 않아도 되지

그녀가 부어 주는 한 잔의 술은
쓰디쓴 약처럼 목에서 아려 오고
양초의 촛농이 되어
뜨겁게 폐부를 찌른다

취해 가는 사람들 속에서
나를 놓아 보려 하지만
붉어진 얼굴은 가면일 뿐
머릿속은 더 선명해진다

\>

스쳐 가는 가로등 세며
떠오르는 눈동자 외면해 보지만
이 밤 또 하나의 환상과 싸우며
어두운 창을 지켜야 할 것 같다

내게 새겨진 상처가 아파
스스로 위로하며 숨죽이는
술 취한 거리

초겨울의 거리

불빛 찬란한 거리에서
낙엽은
한곳에 머물지 못하고
청소부의 빗질을 따라
깜깜한 포대에 담겨
행선지도 모르는 곳으로 실려 간다
준비도 없이
어젯밤 비에 벗겨진 옷은
젖은 채 바닥에 뒹구는데
쓸쓸한 인사도 하지 못하고
몸살을 앓는다

집집마다 불이 켜지고
사람들은 저마다의 귀로에 바쁜데
길가에 쌓인 낙엽이
바람에 날아오르는 저녁
옷깃에 스미는 바람은
두 팔을 여미게 한다
생각은 자꾸 먼 곳을 달리고
시야에 담기는 풍경은 아득해져서

알지 못할 서러움만 가득해진다

암염이 된 기억들이
눈물로 흐르는 시간
바이칼호를 보고 싶어 하던 아버지
그 먼 곳으로 내달리던 역마가
이제는 어디로 향하고 있을지
초겨울의 거리에 웅크리고 있다

퇴근길

앞차가 밟은 낙엽은 부서져
내 차의 라이트 불빛으로 날아올라
왈칵 눈물로 쏟아진다

붉은 점멸등에 고정된 눈동자엔
안개가 서리고
영화에서 본
모스크바 광장에 휘날리던 낙엽이
그리움으로 살아나
그 광장으로 달려가
코트 깃 세우고 걸어 보고 싶다

기다리는 이 없는 집으로 가는 길
내려가는 기온만큼
흘러내리는 체온
옷깃 여며 가두어 보지만
박스락거리는 가슴은
자꾸 먼 곳으로 달아난다

떨켜가 닫아 버린 물줄기에

말라 가는 나뭇잎은
화려한 색깔로 명멸하는데
이 세상 다하는 날
난 어떤 색깔로 남을 수 있을까

잠

그림자 먼저 누이고
그 위에 포개 눕는다
둘은 비로소 하나가 되고
하루의 고단함도 함께 눕는다

불 꺼진 실내에는
작은 별이 하나둘 떠오른다
콘센트박스, 냉장고, 보일러 작동기에 뜬
지상의 별들이 서로의 존재를 드러내고
낮에 숨겨 둔 얘기를 나눈다

별들의 얘기를 들어 보려 하지만
눈꺼풀에 매달린 하루가 너무 무거워
별들도 빛을 잃어 가고
이불 속으로 숨어 버린다

별빛 따라 뛰어간 자리
익숙한 얼굴이 손 흔들며 반겨 주는
따스한 꿈나라

제4부 진홍빛 노을

봄에도 낙엽이 진다

겨울을 견딘 마른 풀 속에
노란 조명등 하나둘 켜진다

도로변 가시덤불에
연초록의 여린 얼굴들이 고개를 내민다
세상은 꽃들이 밝히는 조명으로 환해지고

얼기설기 말라 있던 해 지난 잎들은
새것들에 자리를 내주고
땅으로 떨어져 어린것들의 젖줄이 되어 주었다

알을 낳아 자신의 몸을
먹이로 주고 사라지는 가시고기처럼

100개도 넘는 구멍에 알을 품어 키우고
천형을 안고 사라지는 수리남 두꺼비처럼

해 지난 잎새들은 고사되지 않을 만큼만 물 머금어
죽은 듯이 자리를 지켜
눈부신 봄을 내주고

그렇게 봄에도 낙엽으로 지고 있었다

쇼쇼쇼

무대 위에 예쁘고 늘씬한 무희들이 춤을 춘다

가운데 줄에 어울리지 않는 중년 여인
우스운 동작으로 시선을 끈다
뒤뚱거리는 몸짓이 더욱 우습다

이 여자들은 트랜스젠더
여자로 살고 싶다는 일념으로
신체를 갈아엎은 남자들

진한 화장으로 삶의 애증을 감추고
화려한 조명 아래
무대의 인형이 되어 버렸다

늙어 버린 여자는
차츰 잊혀지는 인형이 되어
피에로의 몸짓으로 무대 위를 뒹굴고

그녀를 비추는
조명등은 하얗게 바래어 간다

동지팥죽

긴 어둠이 싫어
붉은 팥으로 밤을 밝히고
죽 끓여 사방에 뿌리니
어둠으로 숨어들던 액운 스러진다

벽에 흐른 생리혈 같은 자국은
제단에 바쳐진 소녀
커다란 눈동자를 불러오고

나이만큼 먹어야
건강하다는 새알은
이제 많아 먹을 수 없지만

한 해의 끝마무리
새해 소망 담아
팔팔 끓이는 죽 솥 앞에서
심장도 새로운 다짐으로 끓어오른다

매미

흙더미에 쌓인

두꺼운 등껍질 벗어 내고 얻은

일주일의 짧은 시간

전생의 짝 찾는 듯

투명한 날개로 날아오른

수컷의 애절한 날개 짓음이

밤새 나를 뒤척이게 한다

불 꺼지지 않는 도시에서

밤을 낮인 듯 소리치는

수컷의 애정 고픈 소리는

압력밥솥 돌아가는 소리가 되어

나의 허기가 되었다

소리 내지 못하는 암컷을 어디서 찾았는지

갑자기 조용해진 새벽이 낯설다

땅속 산란을 준비하는

매미의 모습이

자식을 위해 갱도로 들어가는 광부의 결의 같다

무인점포

미명의 시간
길모퉁이 무인점포
밤새 불 밝히고
누구를 기다렸을까

가만히 문 밀고 들어가
밤 내내 뜨거워진
한 병의 차를 꺼내
목덜미에 내려앉은
새벽의 서늘함을 데워 본다

집 나간 자식이 돌아오기를 기다리며
끼니마다 밥 한 그릇
아랫목에 묻었던 엄마 마음 생각나
온장고에서 차 한 잔 꺼내 먹으며
새삼 그리운 엄마

밤새 불 밝힌 무인점포는
기다림으로
거리를 지키고 있다

데칼코마니

놀이기구 타는 금빛 잉어
나무에 올라앉은 은빛 햇살
오리 배를 끌고 가는 하얀 구름

석촌호수
놀이기구에서 터져 나오는 함성은
물속으로 자맥질한다

거꾸로 열린 아파트 창으로
물결이 흘러든다
빌딩은 너무 높아 휘어져 늘어지고

호숫가에 앉은 연인은
바람의 시샘에
표정이 일그러진다

물 위에 어리는 풍경은
데칼코마니 되어
하늘을 유혹하는데

그 끝자락 붙잡고

수중 도시로 따라가 볼까

일회용 시간

쓰디쓴 소주는
종이컵에 담겨 찰랑거리고
일회용 접시에 담긴 음식을 먹는다

우리는 음식을 절대
재활용하지 않습니다
테이블에 적힌 글을 읽으며

낯선 사람들과
언제 또 만날지 모를
일회용 인사를 나누고
문상객의 눈물은 휘발되어 사라진다

옷 한 벌은 건졌다는
유행가 가사도 있지만
더 이상 아무것도 가져갈 수 없어
주머니 없는 옷 입고
한 번뿐인 생을 접는다

삶의 격전지에서 수없이 넘어지며

우승하기를 바라지만
이등도 되지 못하고 사라진 시간

인생은 도돌이표 없는 일회용이다

도시의 밤

밤을 밀어내는 도시
꺼지지 않는 불빛 속에서
속도를 줄이지 못하는 자동차의 행렬은
삶의 두려움이 되고
던져진 삶들은 살아갈 방법을 찾느라
거리에서 방황한다

한 걸음 차이로 놓쳐 버린 전철은
검은 계단에 여자 혼자 남겨 두고 사라져 간다
먹이를 찾아
땅속의 거미줄을 따라다니며
등줄기에 매달린 무게를 어깨로 옮기며
하루를 접는 군상들

마지막 계단에 걸터앉은
아틀란티스에서 온 여자
대륙에서 찾던 꿈은 퇴색해 가고
어둠 속에서
푸른 물결의 바다를 그리며
발가락 사이에 감춘 물갈퀴가 간지럽다

바람이고 싶다

부딪히기 전에는
아무에게도 들키지 않는
바람이고 싶다

아무리 작은 구멍이라도 들어갈 수 있고
어둠 속에서도 길 잃지 않는
세상 어디에나 다가설 수 있는 바람

보고픈 이 곁에 다가가
살짝 귓불 만져 주고
움직이지 않는 이
등 떠밀어 발길 옮겨 놓고
바람 되어 그곳으로 가고 싶다

성난 바람이 아니라
머리끝 날리는 순한 바람으로
사랑의 나래 되어
가슴 설레게 하고 싶다

봄날

프리지어를 사야지
겨우내 비워 두었던 화병 가득
노오란 꽃을 채워야지
진한 향으로 작은 집을 채워야지
화려한 색깔처럼
나도 화려하게 피어나야지
꽃이 화병을 채우고 있을 동안
누군가를 기다려 보아야지
겨울처럼 시린 기다림에
굳어 버린 내 시계도
살아 움직이게 해야지
한 다발의 프리지어를 안고
내가 꽃인 양
가슴 내밀고 걸어 보아야지

불면의 도시

자정이 넘은 시간
맥줏집 창에서 보이는 거리는
아직 살아 있다
젊은이들의 치기 어린 웅성거림
더위를 피해
길로 나선 사람들의 웃음소리
태양을 걷어 내고
네온의 현란함이 채운 거리는
사랑을 기다리는 농염한 여인이다
패잔병처럼 뒹구는 전단지와 빈 캔들이
자유로운 영혼을 노래하고
예전의 어느 젊은 날로 돌아가
밤의 그 퇴폐적 유혹에 끌려든다
끝내지 못한 많은 이야기가
취기 어린 구석에서 꿈틀대고
헤어짐이 아쉬운 만남은
새날의 아침을 거부한다

오만을 깨다

오월의 서리산에서 만난 비는
녹색 물감
여린 잎사귀에서 뚝뚝 떨어져
어깨를 적시는 빗방울에
나도 초록의 풀이 되어 눕는다

숨 가쁘게 오른 산 정상에
흐드러진 철쭉은
촌스러운 색깔이라 치부하던
내 오만을 깨고
도도하게 눈을 치켜뜬다

꽃잎 위로 녹색 비가 비껴가고
계곡 아래 비안개 솟아오르는데
세상에 대고 나 좀 보아 달라
소리 한껏 질러 본다

나이만큼 늙어지지 않는 마음 탓에
세상이 힘들고
앞으로 많은 날을 그리 살아야겠지만

녹색 빗속에서

꿈틀대는 몸은 아직 붉게 살아 있다

이정표

한낮의 태양이 숨 가쁘게 한다
혀끝에 느껴지는 땀은
소금기를 잃고 등줄기가 서늘하다

혼자 찾아 나선 길은
이제 너무 감당하기 힘들어
땀에 젖은 몸은 쉴 곳을 찾고 있다
숨고 싶다

도시의 한복판 이정표를 읽어 보지만
가야 할 곳을 알려 주지 못하는
그 혼란한 글자들은 어지럼증으로 쏟아진다

쉴 곳 없는 도시
미아가 돼 버린 것 같다
내비게이션에도 찍히지 않는 길을 찾느라
허기와 피로가 눈꺼풀로 내려온다

이곳에서 잠들 순 없는데
쉴 곳을 찾아야 하는데

길의 끝자락에

누군가 기다리고 있으면 좋겠다

종로3가역

전철이 공짜로 데려다준 파고다공원
공원 무리 속에 끼일 수만 있어도 좋다

펭귄들처럼 둥글게 모여
자판기 커피 한 잔으로 겨울바람을 견딘다

햇빛 좋은 장기판 자리는
며느리 몰래 아들이 찔러준 돈이 있는
볼이 붉은 영감 차지다

주머니에 든 두둑한 용돈 탓에 그 영감은
한겨울 추위도 아랑곳없이
입가에 허연 거품이 일도록 말이 많다

멀찌감치에 서서
목울대로 넘어오는 목소리를 누르며
눈으로만 훈수를 두다가 오늘도 해가 저문다

지나가는 중년 여인의 뒤태에
애꿎은 박카스 빈 병을 걷어찬다

>
물체가 되어 가는 몸뚱어리지만
아직 꿈틀대는 심장 탓에 괴롭고

주머니에서 불어오는 시린 바람을 안고
전철을 기다리는 종로3가역

허기진 배로 흘러내린 바지춤을 추켜올린다

진홍빛 노을
—공작실거리나무꽃[*]

강력한 태풍이 예고된 저녁
서쪽 하늘은
공작실거리나무꽃 색깔이다

자신의 삶을 물려주기 싫은 노예들이
낙태에 썼다는 꽃은
붉은색으로 농염하다

태풍의 눈을 감춘 숨죽인 시간
바람의 한들거림은
뜨겁던 날의 호흡을 가다듬어 주었다

낙태 수술 후 마취가 깨었을 때
방바닥에 널브러져
엉덩이 드러낸 채 처박힌 여자들을 본 순간
겨울바람 속으로 달려 나와
시치미 떼고 행인들 속으로 숨어들었다

고개 숙여 걸으며
흘려 버린 아이보다

방바닥의 따뜻함이 더 기억에 남았다

쾌락의 순간에 점령당한 여자들은
꽃을 꽃으로 죽이는 침묵의 항거를
진홍빛 상처로 안고
화려한 여인이 되었을까

* 공작실거리나무꽃: 꽃말, 화려한 여인.

파산

아이들 돌 반지 가져오너라
너희들 출근하면 위험하니 내가 맡아 두마
시아버지는 손자 돌 반지 금고가 되었다
영원히 열리지 않은

세뱃돈 엄마가 맡아 둘게
아이들 손에 쥔 세뱃돈 그러모아서
엄마는 아이들의 금고가 되었다
영원히 인출되지 않은

다 자란 아이들은 아무에게도
아무것도 맡기지 않는다
할아버지의 금고도
엄마의 금고도 파산하여 날아가고 없어서

제5부 억새풀

남부순환도로

방배동 고개에서 바라보는 우면산은 안개가 산기슭까지 내려와 잠이 덜 깬 모습의 여인처럼 고즈넉하다 룸미러로 보이는 행렬은 전사들의 출격이다 내 앞에서 끊어진 신호가 나를 맨 앞줄에 세워 돌격 대장을 만들어 주었다 오늘의 작전은 무엇이던가 앞차가 사라진 사당 고개를 보며 되뇌어 본다 퇴근길의 도로는 피로에 젖어 시들고 있다 어둠 속에서 사람들은 본능에 더 가까워지고 좁아지는 시야만큼 줄어드는 차선에서 인색해진다 킬리만자로의 표범을 들으며 가수의 내레이션에 빠져든다 그의 목소리는 세상에 혼자인 듯 벌판에 나를 세우고 하이에나가 아니라 표범이고 싶다는 그처럼 꺾이지 않는 한 그루 나무 되리라 다짐해 보지만 오늘의 작전도 기대만큼 이루지 못했는데 양재를 넘어 바라보이는 도곡의 마천루가 도도한 자태로 길을 막아선다 아무래도 올라가 보지 못할 그 높은 봉우리가 퇴근길의 어깨를 짓누른다 들여다볼 수 없는 그네들의 삶을 그려 보며 앞차의 점멸등에 눈을 고정하고 붉은 숨을 들이쉰다 그네들이 남길 흔적은 무엇일까 지나온 난곡의 그림자를 돌아보며 음악의 볼륨을 높여 목청껏 소리 질러 본다

법당

격자창으로 스며드는 햇살
내 숨소리조차 버거운
법당의 고요
불경 넘기는 손길은
나비의 날갯짓처럼 가볍다
염주를 부여잡고
엎드린 여인의 등 위로
관음의 미소가 자애롭다
사느라 견뎌 낸 순간들이
바람을 타고 촛불에 일렁인다
부처님 앞에서
내 초라한 모습은
거두어 달라는 간절한 염원으로
더욱 작아지지만
그나마 기댈 언덕이 되어 주는
내 마지막 쉼터

산사의 아침

산길 아침은
새소리, 바람 소리, 계곡물 소리가
여명을 흔들고
사방의 고요함에 내 숨소리 크게 들린다

소나무 등걸을 타고 담쟁이넝쿨이
하늘 향해 손 벌리는 숲길
발걸음 소리 죽여 가며 절 마당에 오르니
머리 위에 매달린 오색등이 화려하다

마당을 쓰는 소리는
처마 밑 풍경에 매달리고
목어의 눈동자가 지켜보는
스님들의 묵언 수행은
빗자루 끝에 달려 있다

빗질에 어제까지의 발자국 사라지듯
내 업장도 모두 쓸려 가길 바라며
빈 법당에 홀로 앉으니
관음의 미소가 아침 햇살인 듯 눈부시다

어둠의 깊이

번뇌를 끊겠습니다
그것이 오늘 나의 기도입니다
차가운 마룻바닥에 엎드려
세속을 놓아 버리려 합니다
새벽안개 속을 달리며 알 수 없던
막막함을 놓아 버리려 합니다
미소를 머금은 관음觀音의 모습으로
내 모습을 지키고 싶습니다
인생의 굽이굽이마다
안개와 햇살 비를 골고루 보여 주며
하늘은 여러 모습으로 열렸습니다
저녁 하늘에서 님의 얼굴을 보았습니다
어둠 속으로 사라지기 전 하늘은
청보랏빛으로 고혹적이어서
입맞춤의 감미로움에 젖은 듯
온몸이 떨려 왔습니다
모든 것을 감싸안을 수 있는 어둠의 깊이로
나를 안아 주십시오
번뇌를 끊으리라는 나의 기도는
오늘 또 헛되었는지 모릅니다

함박눈

하늘에서 쌀가루 내려온다
아이들 생일에 떡 만들려고
체에 받쳐 내리던 가루

뽀얀 가루는 봉긋한 산이 되고
아이들은 손가락으로
구멍 만들어 까르륵 웃음소리 묻었다

하얀 김 오르며 떡이 익는 동안
턱 괴고 기다리던 아이들은
다 자라 곁에 없는데

하얀 눈송이 타고
묻어 둔 웃음소리 솟아오르고
그 얼굴 같이 춤추며 내려온다

바라보면 황홀하던 얼굴
이제
손바닥 위에 놓으면
녹아 사라지는 눈송이 되었다

엄마

미루나무 길게 뻗은
신작로 따라
장에 간 엄마 기다렸지
옥양목 앞치마
바스락거리는 소리가 좋아
치맛자락 사이에
얼굴 감추고
엄마 냄새 붙들곤 했지
하늘 향해 고개 젖히고 웃던
웃음이 예뻤던 엄마
지금은
요양병원 침대에 누워
하루 한마디 말도 숨긴 채
어디쯤의 기억을 더듬고 있을까
엄마가 풀어 놓던
선물 같은 장바구니처럼
난 엄마에게
어떤 바구니 줄 수 있을까

유리섬박물관

1,100도의 용광로에서
끓고 있는 유리 한 줌 꺼내
입김을 불어 넣어
생명을 깨운다
열 달을 품어 안은
산모의 인고처럼
애타는 손길로 다듬어
날개 하나
벼슬 하나
눈동자 그려넣어 태어난
앙증맞은 닭 한 마리
파닥이는 날갯짓 따라
땀에 젖은 장인의
긴 한숨이 애처롭다
깨어질세라 세심한 손길은
엄마의 마음이려나

여고 동창회

여고를 졸업한 지 50년
시간의 덧옷을 입고 걸어온 길 다르지만
만나는 순간 그 시절로 돌아간다

서로의 어깨를 마주 안으며
넌 아직 그대로네
거짓말을 참말처럼 하는 여인들

손자는 우리를 할머니로만 아는데
여기 오면 항상 소녀라며
고개 젖히고 웃어 버렸다

라일락 향내 따라 봄을 걷고
은행나무 물드는 교정에서
총각 선생님 그림자 뒤에
연정을 그려 넣던 시절

풋내 나던 그 시절로 돌아가
염색 머리 사이로 자라 나온 흰 머리칼도

눈가에 내려앉은 주름살도 지워 버린 시간

여고 동창회

조병화문학관

시인의 집은 언어로 꽉 차 있다
지붕을 버티고 선 시어들은
하늘을 휘돌아
정원에 쌓인 낙엽 위에 뒹굴고
푸른 녹을 덮어쓴 조각상은
서글픈 눈동자
손끝으로 내리뜬다

입구에 선 입간판에서
금방이라도 시인이 걸어 나올 것 같다
어머니 삼년상 치르며
사모곡 부르던 시인
그를 꼭 닮은 아들은
시인의 역사를 풀어내고
그에게서도
파이프 속 담배 연기가 솟아날 듯하다

의자를 비워 두겠다던
시인의 발자국 따라나선 길
풋내기 시인들의 등 뒤로
가을 햇살이 저물고 있다

뱃멀미

파도가 나를 향해 달려온다
뱃전을 두드리며 자기를 보아 달라
하얀 손을 휘젓는다
망망한 외로움이 싫다고
자꾸만 손짓하며 흔들어 댄다
하얀 그리움으로 달려와
같이 놀아 보자고 나를 부른다
어지러움에 눈 감은 나에게
그 손은 악녀가 되어
내장을 휘젓고 머릿속을 뒤집어
온몸을 그의 포로로 만들어 버렸다
흔들리는 세상 속에서
사람들을 향해 손 흔들었지만
오래 외면당한 나도 악녀가 되었다

봄 그리고 가을

내가 봄이었을 때 봄이 싫었다
흙은 제 몸을 부풀려 생명을 끌어안고
물기를 머금은 것들은
늘어지게 기지개를 켜며
피워 낼 것이 없어
봄을 앓는 내게 손가락질했다

가슴은 불에 올려놓은
오징어가 되어 오그라들고
차가운 냉기를 찾아
어둠 속으로 숨어들곤 했다
그때의 내 도피는
겨울의 냉기를 견디는 질긴 사투여서
봄날 돌계단 사이에 돋은
작은 풀꽃에 눈이 간다

나는 이제 가을을 지나고 있는데
내 봄은 지금부터라 외치며
꽃도 아닌데 피어나고 싶어
청춘처럼 봄을 앓는다

뿌리의 한숨

거목을 올려다보니
나뭇잎 사이로 하늘이 작다

팔 벌려 안아 보지만
가늠되지 않는 나이테

위로 솟은 가지를 키우며
땅속에서 부대꼈을
뿌리의 몸부림이 가긍하다*

한 뼘 하늘로 솟구칠 때마다
다시 한 뼘 물을 나르느라
힘들었을 뿌리의 가쁜 숨소리

나무의 숨찬 혈류는
자라나는 아이들 키 높이만큼
밤잠 설치던 엄마의 한숨 소리다

* 가긍하다: 가엾고 불쌍하다.

소리 없는 대화

납골당에 사진으로 남은 사람들
눈감지 못하고 서로 바라보며
무슨 얘기를 나눌까

살아온 얘기는 아무리 길어도
일 년이면 끝일 텐데
새로운 일상을 만들지 못하면서
천 일의 이야기 어찌 이어 갈까

밤이면 단칸방 같은 유리 관에서 튀어나와
어느 거리를 유영하며
사람들의 얘기를 들으러 갈까

여행을 좋아하던 아버지는
하늘도 별도 안 보이는 곳에서
같은 표정의 사람들과
눈감지 못하는 하루가 참 길겠다

억새풀

비탈에 자리 잡아
바람 맞서 살아야 했던 삶

서걱거리는 억새 곁에
따리 틀고 견뎠다

억새풀 꽃이 피듯
머리칼 하얗게 변하고

하늘에 달아매던 염원은
푸른 멍울이 되어
아직 풀어내지 못했지만

깊어진 주름 골에 스치는 바람은
새털구름 날개를 데려와
포근하게 감싸안아 다독여 준다

성급하게 피어나는 봄꽃이 아니라
나이 들어야 은빛 날개로 피어나는
난 억새였나 보다

어떤 의식

나는 매일 죽는다
그리고 다음 날이면 다시 살아난다
어제 죽은 내가 나인지
살아난 오늘의 내가 나인지
새벽 어스름에
침대 모서리에 걸터앉아
숨을 내쉬어 본다

거울 앞에 서면
내가 더욱 낯설고
무서움마저 느껴져 눈을 내리뜨며
이 얼굴이 내가 맞는지 뒤를 돌아본다

제 꼬리를 잡으려고
뱅뱅 도는 강아지처럼
잡을 수 없는 것들을 찾아
쳇바퀴 도는 삶일지라도

오늘을 살아 내야 하는 이유로
의식 같은 화장을 한다

염한 얼굴에 연하게 화장을 했던

아버지 얼굴이 거울 속에 있다

작은 상자

난방이 안 된 동짓달의 수술실
냉기가 스며 이가 부딪힌다
산통은 몸을 걸레처럼 쥐어짰다 풀어 줬다 하며
열 시간째 혀를 날름거렸다

"아기는 이미 숨을 안 쉬네요."
감정 없이 내뱉는 의사의 말이
윙윙거리며 머릿속을 헤집는다
옆에서 악악거리던 산모들은
새로 태어난 아기를 안고 떠나고
거꾸로 매달린 다리는
나무토막처럼 감각이 없다

적막한 밤의 수술실
눈물은 무서움으로 얼어 버리고
숨 끊어진 아이와 대화를 한다
미안해 미안해
종일 서서 하는 민원 업무에 시달리느라
쉴 수 없던 엄마 때문에
태어나기도 전에 별이 되었구나

\>

얼어 있는 다리를
따스한 체온으로 어루만지며 사라진 아이
엄마의 숨은 지켜 주고
제 숨만 거두어 작은 상자에 담겨 떠난
나의 첫아들

젖은 날개

방음벽 위에 앉은 커다란 새 한 마리
날개가 젖어 있다

먼 곳을 응시하지만
사방은 빽빽한 아파트의 군락

흐린 하늘 속에서
사라진 숲의 기억을 더듬는 것일까

일행은 다 어디로 갔는지
어디서부터 길을 잃었는지

혼자 올라앉은 방음벽은
감옥의 울타리 같다

병실 유리창으로 새를 바라보는 그녀는
자신도 새의 늘어진 날갯죽지 같다고 웅얼거린다

코에 달아맨 음식 공급용 호스는
헐어 가는 새의 부리 같다

\>

방음벽 위의 새가 날아오를 때

그녀도 같이 가고 싶다고 손을 휘저어 본다

겨울 산에서

눈발이 날리기 시작한 겨울 산은
무채색의 수묵화
눈구름에 가려진 태양 빛은 희미하고
하얀 너울 따라 휘청거리며
시간 여행을 떠난다

산길에 난 발자국 지우며
따라오던 눈발은
가슴에 묻었던 이야기 끄집어낸다
기대에 부풀었지만 아팠던 젊은 날
살면서 숨 막히게 힘들었던 날들
상처로 남은 사람들

오래전 이야기들
하얀 무덤 만들어 묻어 두면
녹아 없어질 어느 날엔
모두 잊을 수 있을까
수묵화 한 자락에 펼치어 본다

이상 세계를 지향하는 또 다른 자아 찾기

—박경임 시집 『붉은 입술을 내밀고』

이오장(시인, 문학평론가)

　　시는 언어의 현실적인 존재 방식의 생동적 현상의 표현이
며 삶의 창조적인 힘으로 나타내는 것이지만 우리가 언어를
시적으로 다루려면 일단 언어를 고정화하는 능력이 필요하
고 언어의 구조를 살펴야 한다. 문법적인 구조와 법칙, 어휘
의 모음에 대한 이해를 정확히 하고 본질적인 관계를 파악하
여 언어학적인 연구에 의해 창조적으로 살아 움직이는 언어
구사력을 가져야 한다. 시의 가장 중요한 목표는 언어의 창
조적인 능력을 통해 독자들로 하여금 인간의 사상과 삶의 세
계, 정신적인 상상 능력을 인식시키는 일이다. 언어의 형식
적인 구조와 기계적인 형식은 즉흥적인 언어에서는 볼 수가
없다. 오직 시의 창작에서만 보여 줄 수 있다.

언어를 연구 대상으로 하는 건 언어심리학이지만 시는 그것을 뛰어넘어 사회적인 객관 구조이며, 질서가 잡힌 음운 기호의 체계이며, 일정한 인간 사회 안에서 생각과 느낌을 전달하여 소통하는 수단이다. 이런 의미에서 시는 인간의 심리적인 작용에 의존하지 않는 객관적인 존재다. 따라서 시인은 언어 전달에 그치지 않고 언어의 관계 구조 아래에서 특수한 상황을 만들어 내는 창조적인 언어술사라고 할 수 있다. 그러나 언어는 의미가 불확정적이며 분명하지 못하다. 언어는 엄밀한 사유의 전개를 표현하기에는 너무 불완전하다. 동일한 언어가 때로는 여러 의미를 갖는가 하면 때로는 동일한 개념을 설명하기 위하여 다양한 언어적인 표현이 동원된다. 일정한 정의와 정확한 구분을 통해서 혼돈을 피할 수 있다고 하더라도 중요한 낱말에 명확한 정의를 내릴 수 없는 성질을 가졌다. 입에서 튀어나온 언어는 입이 만들지 않는다. 사유를 통한 계획적이든가 아니면 즉각적인 생각에서 나오는데 그 말이 문자화되든가 아니면 녹음되지 않는 한 얼마든지 변화가 있을 수밖에 없다.

이번 시집은 언어의 생물학적 한계와 조건에 얽매이지 않고 한계를 넘어 이상 세계를 지향하는 또 다른 자아 찾기라고 할 수 있다. 생물학적 존재로서의 조건과 한계를 가지고 있지만 동시에 그 이상의 세계를 지향한다. 시인은 이를 현실적인 존재 방식과 생동적인 현상의 표현, 그리고 삶의 창조적인 힘으로 나타낸다. 이것은 자신의 존재에 대한 이해를 통하여 만들어진다. 더 나아가 이해의 전체 지평에 근거하여

자연과 세계, 역사와 문화를 그리는가 하면 본성적으로 자신을 돌아보는 특성을 갖췄다. 이것은 시인이 근본적으로 자기 성찰적 존재라고 말할 수밖에 없다. 생각과 행동, 가치판단의 밑바닥까지 내려가 근본적인 자기 결단의 사유에서 얻은 이미지를 만들어 시의 가장 중요한 목표인 언어의 창조적인 능력을 통해 독자들로 하여금 인간의 사상과 삶의 세계, 정신적인 상상 능력을 인식시킨다.

기다림에 창백해진 얼굴
따스한 햇살의 기억으로
떨어지지 않는 발길
가던 길 멈추어 섰다

해를 바라보며
가늘게 눈 떠 초승달 되고
마음 부풀려 보름달 되었지만
그 앞에 서면
바라보기도 전에 스러져 버리고

먼 어둠 속에서 보내 주는 빛으로
반사되는 생명
영원히 마주하지 못하지만
등 뒤에 따라오는 손길 느끼며
사라져 가는

창백한 낮달

—「낮달」 전문

　　태양이 진 뒤를 따라 빛의 향연으로 밤을 밝히는 달은 태양과 지구 사이에서 태양을 배제하고 지구를 공전한다. 지구와 공동으로 태양을 돌면서도 철저하게 모순점을 품고 있어 뒷모습을 영원히 보여 주지 않는다. 오로지 태양의 한쪽 빛을 받아 지구의 밤을 밝히는 역할을 하며 우주의 단편을 그려 낸다. 그러나 시간차가 일정하지 않고 낮과 밤의 기준을 정확하게 구분 짓지 못하여 여분의 시간을 만들어 내는데 여기에서 윤달이 발생하고 그만큼의 간격을 갖는다. 낮달은 우주의 경계일지 모를 지구와 태양의 관계에서 달의 위치가 일정하지 않아 낮에 떠오르는 달이다. 우리 삶도 이와 같아 자신의 방향과 위치를 잘못 정하면 필요 없이 방황하게 되고 또 미련을 갖는다.

　　사람의 삶은 음양의 차이에서 질과 양이 정해지는 것은 아니다. 태어난 환경과 생육조건 그리고 성격에 의하여 삶은 방향이 정해지고 질이 결정된다. 그러나 모두가 그것을 운명이라 단정 지으며 순응하지는 않는다. 여기에서 쌓인 불만이 사회질서를 어지럽게 하지만, 개인의 힘으로는 정화할 수 없는 일이다. 박경임 시인은 여기에서 시적 발상을 일으켰다. 기다리다 지친 창백한 얼굴로 가던 길을 멈추고 자신의 자리를 차지한 해를 보며 초라함을 발견한다. 반사되는 빛으로 얻은 생명을 다시 기다려야 하는 운명의 고난을 본 것이다. 영원

히 마주하지 못하지만 등 뒤의 손길을 느끼는 이중적인 행로
를 지닌 삶의 여정을 낮달에 그려 냈다. 이것은 이상의 세계
를 지향하는 박경임 시인만의 특성이다.

허벅지까지 차오르는 눈을 헤집고 사랑을 찾아 오르던 용
평의 산길에 남아 있는 기억들 오직 한 사람을 향한 생각으로
설경은 안중에도 없고 발가락이 얼어 가는 것도 모른 채 걸
었던 그 길 오늘 그 길이 새삼 아름답다 경포의 푸른 하늘 담
은 차창으로 사라진 날의 얘기가 파도를 타고 넘어왔다 나더
러 어쩌란 말이냐고 외치며 세상이 반대하던 사랑에 가슴 앓
던 그 파도에 대고 오늘 다시 그립다 해 본들 또 어쩌란 말이냐
수없이 다가왔다 사라지는 물결이 예전의 그것이 아니듯 나도
그도 예전의 우리가 아닌 것을 해변의 사라진 소나무를 애석
해하듯 잊힌 시간을 아쉬워한들 우리가 다시 이 바다에 같이
설 수 있을까 마주 보던 순간의 빛나던 눈동자가 이끼처럼 남
아 있지만 사랑은 그렇게 흘러가는 것이라고 모닥불 속으로 기
억의 파편들을 던져 넣는다
　　　　　　　　　　—「다시 이 바다에 같이 설 수 있을까」 전문

경포 앞바다로 향한 사랑의 포효다. 사랑은 삶의 단면 같
지만 어떤 사람에게는 전부다. 대부분 그럴지도 모른다. 사
랑을 위하여 죽음도 마다하지 않고 사랑 하나를 얻기 위하여
삶의 전부를 바치는 사람은 부지기수다. 역사에서 사람은 무
엇이든 이뤄 냈고 어느 곳이나 점령하며 인류를 이끌어 왔지

만 오직 사랑 하나만은 어떻게 하지 못했다. 이는 과거나 현재나 동일하다. 사랑은 변화 없이 삶을 관장한다. 전설처럼 들리는 이야기 속에서 사랑을 배우고 익히지만 자신에게 닥친 사랑은 무슨 색인지, 어떤 모양인지, 얼마만큼의 무게인지를 모르는 게 사랑이다. 박경임 시인의 사랑도 마찬가지다. 역사 속의 사랑과 현재의 사랑 교차점에서 사랑을 변형시키지 못하고 남들과 같은 사랑의 아픔을 겪고 미련에 휩싸여 바람을 안고 산다.

허벅지까지 차오른 용평의 눈길을 헤치고 경포 바다에 도착하여 확인한 사랑은 차창 밖을 스쳐 가는 추억으로 남았다. 세차게 몰아쳐 오는 파도의 힘으로도 바꿀 수 없고 설악의 무게로도 누를 수 없는 나의 사랑이 산그림자에 지워져 버렸는데 파도야 어쩌란 말이냐. 사랑을 반대하던 사람들도 떠났고 뜨겁게 응원하던 사람들도 떠나간 뒤에 다시 찾아와 외쳐본들 어쩌란 말이냐. 파도야, 예전의 모습을 바꾸고 사랑의 이름도 바꿔 그 자리에 섰는데 왜 잊히지 않느냐. 다시 이 바다 앞에 사랑을 노래하고 맹세하며 나란히 설 수 있을까. 소용없는 줄 알면서 다시 그 자리에 선 시인은 사랑의 아쉬움을 아픔으로 노래한다.

내가 봄이었을 때 봄이 싫었다
흙은 제 몸을 부풀려 생명을 끌어안고
물기를 머금은 것들은
늘어지게 기지개를 켜며

피워 낼 것이 없어
봄을 앓는 내게 손가락질했다

가슴은 불에 올려놓은
오징어가 되어 오그라들고
차가운 냉기를 찾아
어둠 속으로 숨어들곤 했다
그때의 내 도피는
겨울의 냉기를 견디는 질긴 사투여서
봄날 돌계단 사이에 돋은
작은 풀꽃에 눈이 간다

나는 이제 가을을 지나고 있는데
내 봄은 지금부터라 외치며
꽃도 아닌데 피어나고 싶어
청춘처럼 봄을 앓는다

—「봄 그리고 가을」전문

　청춘의 아픔은 일생 잊을 수가 없다. 가장 민감한 시기에
겪은 고난과 이별, 사랑앓이는 평생의 그림자가 되어 삶을 파
고든다. 하지만 그런 것을 표시하며 지내지는 않는다. 일상
에 묻어 두고 틈마다 꺼내 보지만 금방 잊는다. 그래야 편한
삶이다. 그러나 어떤 부류의 사람은 절대로 잊을 수 없다며
가슴에 품고 살기도 한다. 이것을 아름다운 추억이라고도 하

지만 위로의 말이다. 자신이 겪어 온 길은 잊을 수 없다. 그 어떤 위로의 말도 닿지 않아 오직 자신의 의지로 헤쳐 나가야 한다. 그래도 특별히 못 잊어 하고 그것을 형상화하는 사람이 시인이다. 시인은 험한 길을 걸어왔고 청춘의 한때를 가난에 시달리며 살았다. 도피처를 찾았으나 그때의 젊은이들이 갈 곳은 별로 없었다. 바람 맞으며 정처 없는 길을 걸었을 뿐이었기에 그래서 봄이 싫었다.

　새 학기를 맞아 대학에 입학할 준비를 하는 친구들을 만나기 싫었고, 동생들이나 다른 가족들을 돌보기도 힘들었다. 봄은 희망이 아닌 손가락질하는 대상이었고 회피하고 싶은 계절이었다. 그래서 가까워진 들풀이나 돌 틈의 풀꽃들이 유일한 친구였고 대화의 숨통이었다. 시인은 그런 냉기의 시간을 어떻게 보냈는지를 생각하면서 갑자기 돌이 되기도 하지만 그런 시절을 보낸 여정이 지금의 시인을 만들었고 삶의 변화를 읽는 눈을 가지게 했다. 그러나 남들과 똑같은 가을을 맞이하여 청춘의 그림자에 기대 보는 심정은 누가 알아줄까. 큰길에서 외친다. 나의 봄은 지금부터이고 활짝 피는 꽃처럼 남들에게 행복을 주고 싶다고. 이것이 삶의 세계와 정신적인 상상 능력을 높이는 계기가 되어 시인의 시 세계를 펼치는 근본이 되었다.

　　거목을 올려다보니
　　나뭇잎 사이로 하늘이 작다

팔 벌려 안아 보지만
가늠되지 않는 나이테

위로 솟은 가지를 키우며
땅속에서 부대꼈을
뿌리의 몸부림이 가늠하다

한 뼘 하늘로 솟구칠 때마다
다시 한 뼘 물을 나르느라
힘들었을 뿌리의 가쁜 숨소리

나무의 숨찬 혈류는
자라나는 아이들 키 높이만큼
밤잠 설치던 엄마의 한숨 소리다

—「뿌리의 한숨」 전문

　태풍이 한번 불고 나면 흙의 움직임이 크게 일어나 땅속의 뿌리는 길을 다시 점검해야 한다. 가지가 흔들린 만큼 주위의 땅은 파헤쳐지고 솟구친다. 뿌리로서는 참으로 힘든 일이다. 위로 솟구치게 하는 힘은 뿌리의 역할이 가장 크고 물을 공급하지 못한다면 자라는 건 물론 서 있지도 못한다. 거목일수록 하늘을 향한 욕망이 강하여 자라는 힘이 되는데 뿌리의 역할은 나무의 전부다. 사람으로 본다면 뿌리는 부모이고 가지는 자식들이다. 부모가 없이 태어난 자식은 없고 태어나서도 일정한 기간 보살피고 먹여 주지 않는다면 자라지 못한다. 부모는 자식들에게 전부를 주고도 모자라 자기 몸까지 주게 되는데 시인은 거목 앞에서 부모를 그리며 어머니의 한숨을 그렸다.

아버지의 부재는 가족 전체의 불행이다. 먹는 것과 입는 것을 제외한 모든 것에 아버지가 차지하는 자리가 크기 때문에 그것을 메꾸는 어머니의 고난은 클 수밖에 없다. 두 팔 벌려 안아 보고 우러러보지만 그 크기와 높이를 가늠할 수 없는 어머니의 은혜를 시인은 다시 생각해 본다. 세월이 지난 후 어머니를 생각하는 시인은 은혜를 넘는 고뇌의 모습을 보여 준다. 그것은 자신이 자식을 키우면서 느끼던 삶의 어려움이기도 했다. 뿌리에서 뽑아 올린 물의 힘찬 혈류는 자식들의 영양이 되었지만 그것이 어머니의 피였다는 것을 알아주면 하는 마음이다.

납골당에 사진으로 남은 사람들
눈감지 못하고 서로 바라보며
무슨 얘기를 나눌까

살아온 얘기는 아무리 길어도
일 년이면 끝일 텐데
새로운 일상을 만들지 못하면서
천 일의 이야기 어찌 이어 갈까

밤이면 단칸방 같은 유리 관에서 튀어나와

어느 거리를 유영하며

사람들의 얘기를 들으러 갈까

여행을 좋아하던 아버지는

하늘도 별도 안 보이는 곳에서

같은 표정의 사람들과

눈감지 못하는 하루가 참 길겠다

—「소리 없는 대화」 전문

저승과 이승은 어쩌면 동전의 양면일지도 모른다. 생과 사의 차이는 측정하지 못하기 때문이다. 언제 어디서든 무슨 이유도 없이 죽음은 찾아온다. 태어날 때는 아무런 계약이 없어도 일정한 시간과 때를 구별하지만 죽음만큼은 어떻게 할 도리가 없다. 훤히 보이는데 주검을 마주하고 얘기를 나누지 못하는 것은 저승으로 떠났기 때문이며 이승에서 함께 있다고 해도 생사는 이미 갈렸다. 그래도 살아 있는 사람에게는 아쉬움이 커서 무슨 말이라도 나누고 싶은데 누가 가능할까. 이때는 신도 어쩔 수 없다. 우리의 삶에 이러한 이별은 숱하다. 부모, 형제, 부부, 친척이나 친구 등 가까이 함께하던 사람들이 순식간에 생사로 나뉜다. 그래서 아쉬움만 남아 납골당에 모셔진 사진을 아쉬움으로 대하게 된다.

시인이 마주한 사진 속 인물이 누구인가는 상관없다. 친구일 수도 있고 친척일 수도 있지만 관계없는 사람일 수도 있다. 하지만 산 자의 심정으로 죽은 자를 그리워하며 대화 체계를 만드는 것은 시인의 발견이다. 영혼은 과연 있을까? 현실적으로 나누는 대화에서 산다는 의미와 죽음의 길을 살핀다. 그러나 시인이 마주한 인물은 아버지다. 뼈와 살을 주고 피를 나눠 준 아버지는 지금 저세상에 있으며 시인은 이 세상에 있다. 만났으나 대화는 통하지 않고 독백으로 말을 나눈다. 밤이면 단칸방의 유리 관을 나와 어느 거리를 유영하며 딸을 찾았을 아버지. 자리에 있을 때는 크기를 모르다가 없을 때 빈자리는 전부다. 아버지를 그리워하며 사진과 소리 없는 대화를 나누는 딸의 모습이다.

쓰디쓴 소주는
종이컵에 담겨 찰랑거리고
일회용 접시에 담긴 음식을 먹는다

우리는 음식을 절대
재활용하지 않습니다
테이블에 적힌 글을 읽으며

낯선 사람들과
언제 또 만날지 모를
일회용 인사를 나누고
문상객의 눈물은 휘발되어 사라진다

옷 한 벌은 건졌다는

유행가 가사도 있지만

더 이상 아무것도 가져갈 수 없어

주머니 없는 옷 입고

한 번뿐인 생을 접는다

삶의 격전지에서 수없이 넘어지며

우승하기를 바라지만

이등도 되지 못하고 사라진 시간

인생은 도돌이표 없는 일회용이다

—「일회용 시간」 전문

삶의 천착이 깊은 작품이다. 우리의 삶이 무엇인가를 깊이
성찰하였다. 삶은 단 한 번이다. 달을 지구에 붙이고 태양의
온도를 조절하는 능력이 있다고 해도 한 번밖에 살지 못하는
인생. 어떻게 생각하면 삶이 한 번뿐이라 더욱더 아귀다툼을
벌이고 애착을 가지는 것인지도 모른다. 만약 삶이 두 번이
나 세 번이라면 조금 낫지 않을까. 다시 살 수 있는데 아등바
등할 필요가 없을 것이다. 하지만 그렇게 된다면 더욱 큰 다
툼이 일어나고 욕망이 더 깊어질 것이 뻔하다. 인간의 욕망
은 끝이 없기 때문이다. 사람의 삶은 한 번이다. 참 억울하
다. 영원히 살 수도 있는데 왜 그렇게 만들어졌을지. 그것도
억울한데 장례식장에서 사용하는 물건들도 일회용이라면 무

엇인가 아쉬움이 남는다.

장례식은 가는 사람을 떠나보내는 의식이지만 남은 사람들에게는 위로를 주는 자리다. 친척들이나 지인들이 찾아가 고인의 마지막을 추모하며 가족들을 위하여 도움을 주고 장례 절차를 돕는다. 과거에는 2일 혹은 7일 심지어 100일 장으로 전통적인 절차를 거쳤으나 이제는 간소한 절차로 끝난다. 여기에 쓰이는 집기들은 재활용하기가 힘들어 거의 일회용으로 대체하는데 시인은 그것을 삶에 연관 지어 표현한다. 사는 것도 일 회이며 가진 것도 몸 하나뿐인데 마지막을 치르는 절차에서도 사용하는 그릇이 일회용이어야 하는 현실이 아쉽다. 한 번뿐인 삶이 마지막에서도 그런 모습을 보이는 것은 섭섭할 것이다. 하지만 그게 현실이다. 그것을 알고 삶에 비유하여 펼친 시인의 시적 발견이 돋보인다.

으스스 한기에 선잠 깬 새벽
어슴푸레한 창을 바라보아도
오늘이 며칠인지
무슨 요일인지 가늠되지 않는다

며칠 되지도 않았는데
세상으로부터 격리된 채 바보가 되어 가고
우리 안의 곰처럼 같은 행동 반복하며
가슴 쳐 보지만
코로나 팬데믹은 타인에 대한 무관심을

정당화해 주고
거리의 사람들은 눈만 마주쳐도
바이러스가 옮겨질까
자신에 묻혀 스마트폰 속으로 숨어든다

혼자인 시간이 처음도 아니건만
사람에 대한 기대도 덧없어
현관문 밖에 웅크린 배달 식품은
햇빛에 눈이 부신데
나는 열지 못하는 문처럼 녹슬어 가나 보다

—「열지 못하는 문」 전문

　새로운 바이러스는 공포를 넘어 악마의 화신으로 일상에
파고들어 우리의 생활을 송두리째 무너뜨렸다. 가족과 인척
을 멀리하며 부부 사이에도 거리를 둬야 했던 암울함에 당면
했을 때 우리는 과연 삶의 끝을 잊지 않았을까. 시인은 오염
으로 덮인 사회에서 사람들의 행동과 개인의 위축된 생활이
무엇을 가져다줬는지를 일깨운다. 어디에서 발생한 것인지,
어떻게 침입했는지도 모른 채 우왕좌왕 혼란을 겪을 때 어떻
게 사람은 사람답게 행동해야 하는지 무엇이 삶보다 중요한
지를 찾는다. 남들과 같이 감염되어 집 안에 갇혀 왕래를 못
하고 음식마저 배달해서 먹어야 했으며 이러다 마지막을 맞
는 것이 아닐까 하는 두려움에 요일을 잊는다. 소외된 바보
가 되어 우리 안에 갇힌 곰처럼 숨 쉬는 삶이 무슨 의미가 있

을까. 다른 사람에게 옮길까 봐 그런다지만 이건 사람이 할
짓은 아니다.

사람은 방어막을 가지며 문은 유일한 출구다. 받아들이고
나가는 역할을 더해 닫았을 때는 방어의 목적을 가진다. 그
러나 움직여야 문이다. 열 수 없다면 방어도 아닌 공격도 아
닌 어정쩡한 상태의 울타리가 된다. 시인은 방어의 목적에서
벗어나 갇히는 목적으로 문을 사용하지 못한다. 미리 예방할
수도 없었고 무엇인지도 모르는 병마는 이처럼 삶을 파괴하
는 악마가 된다. 누가 그것을 알 수 있을까. 시인은 그게 안
타깝다. 문의 역할을 못 하는 문을 새로운 눈으로 바라보며
다시 열어 보는 행위를 반복하여도 답은 찾아내지 못한다. 그
것이 우리의 현실이다.

불빛 찬란한 거리에서
낙엽은
한곳에 머물지 못하고
청소부의 빗질을 따라
깜깜한 포대에 담겨
행선지도 모르는 곳으로 실려 간다
준비도 없이
어젯밤 비에 벗겨진 옷은
젖은 채 바닥에 뒹구는데
쓸쓸한 인사도 하지 못하고
몸살을 앓는다

집집마다 불이 켜지고

사람들은 저마다의 귀로에 바쁜데

길가에 쌓인 낙엽이

바람에 날아오르는 저녁

옷깃에 스미는 바람은

두 팔을 여미게 한다

생각은 자꾸 먼 곳을 달리고

시야에 담기는 풍경은 아득해져서

알지 못할 서러움만 가득해진다

암염이 된 기억들이

눈물로 흐르는 시간

바이칼호를 보고 싶어 하던 아버지

그 먼 곳으로 내달리던 역마가

이제는 어디로 향하고 있을지

초겨울의 거리에 웅크리고 있다

　　　　　　　　　　　　　—「초겨울의 거리」 전문

　아버지의 삶을 깊이 있게 바라본 시인은 아버지에 대한 원망도 상당히 깊다. 작품 속에 가끔 보이는 아버지의 자취는 역경을 넘는 장면과 고난을 이겨 낸 환호성에 묻히기도 했지만 좌절한 한 남자의 삶이 가족들에게는 어떠한 영향을 주는 것인지를 절실하게 보여 주기도 한다. 전쟁에 참전한 후유증은 사회에 대한 원망으로 이어져 반사회적인 반감도 보였지만 거뜬하게 이겨 내고 가족을 부양하였으나 뜻대로 되는 일이 없어 낙관으로 세월을 보내게 했다. 그 피해는 오롯이 가족들에게 전해져 힘들게 했던 아버지는 낙엽처럼 흩어진 삶을 살았다.

겨울 거리에 흩어진 낙엽은 청소부에 의해 매일 쓸어 담겨 어디로 가는지도 모르고 쓸려 간다. 아버지는 그 낙엽의 뒤를 따라 목적지 없이 방황하다가 몸살을 앓는다. 거리를 채우는 건 큰 목소리지만 누가 들어 주지 않는 고함이다. 실제로 낙엽 같은 삶이 있을까 생각하지만 그때는 대부분 그렇게 살았다. 집집마다 불이 켜져도 자기 집에는 어둠이 들고 집 찾아 가는 걸음들이 채워진 거리에서 갈 곳을 잃은 삶. 옷깃에 스며드는 바람은 모질게 춥다. 그러나 누구의 도움도 없이 방황하는 일상, 내달리는 역마에 소금으로 굳어 버린 생각은 머나먼 바이칼호를 동경하게 된다. 말로만 듣던 그곳은 동토의 땅이다. 작품 속의 아버지가 금방이라도 뛰어나와 딸을 안아 줄 것 같은 상황을 느껴 본다. 그때 그 시절이 아련하다.

소년은 토큰 장수 엄마 옆에서
부자가 되는 꿈을 꾼다
버스표 열 장을 열한 장으로 자르는
형들을 바라보며 돈 계산이 바쁘다

"국수 한 그릇 먹고 오너라"
엄마가 건네주는 동전을 들고

포장마차로 달려간 소년은
"아줌마 저는 반만 주시고
나머지는 우리 엄마 주면 안 되나요"

소년이 수줍게 내뱉는 말에
포장마차 아줌마는
소년의 국수 그릇에 국물을 더 채우며
"그래 반 그릇" 하며 웃는다
소년은 발그레한 얼굴로 돌아와
아줌마가 엄마를 부른다며
고갯짓을 하고
엄마는 구부러진 무릎을 편다

아들의 걱정을 먹고 온 엄마는
반 그릇이 너무 배부르다며
입가에 미소가 가득하고
저무는 버스 정류장에는
집으로 돌아가는 사람들의 온기가
초겨울 거리를 데우고 있다

—「흑석동 7-토큰 파는 소년」 전문

　공작이 내려앉아 알을 품는 지형의 산, 천하 명당이라고
소문이 나서 고관대작들의 발길이 끊이지 않았고 실제로 강
북의 명문가 묘지가 많았던 흑석동 일대는 민족의 안식처다.

나라를 위하여 숭고하게 산화한 영령들이 고이 잠들어 나라와 후인들의 번영을 기원하는 땅. 흑석동과 동작동 일대는 한강 남쪽의 길지였다. 하지만 동족상잔을 겪고 나라의 가난이 전 국민을 위협할 때의 흑석동은 가난의 상징이었다. 산을 하나 넘어 봉천동, 신림동이 개발되기 전에 피난민과 가난한 사람들이 모여 판자촌을 이루고 산기슭에서 옹기종기 살아갔던 곳이다. 시인은 노량진에서 태어나 어린 시절을 흑석동에서 보냈다. 한강 다리를 건너다니던 버스의 종착지이며 서민들의 안식처인 흑석동. 시인은 그때의 정경을 한 편의 드라마처럼 꾸며 낸다.

토큰을 아는 세대는 지금의 40대 후반이나 50대다. 버스를 탈 때 미리 구입한 동전 같았던 토큰은 학생들의 대명사였다. 후에 토큰은 종이 표와 병행되어 사용되다가 사라졌지만 정류장에서 토큰을 파는 것도 좋은 직업이었다. 시인은 그것을 잊지 못한다. 장사꾼 엄마를 도와주다가 몇 푼의 돈으로 국수를 사 먹고 행복해하던 소년을 잊을 수 없으며 시장에서 장사하며 악다구니 치던 어머니들을 잊지 못한다. 용돈이 무엇인지 몰랐고 친구의 운동화가 얼마인지 몰라도 어머니 곁에서 하루를 보낸 게 즐거웠고 최고의 행복이었던 그 시절을 무엇으로 감출 수 있을까. 지금은 고급 아파트가 세워지고 명문대학이 자리 잡아 위용을 자랑하는 흑석동. 시인은 꿈에서도 흑석동을 그린다.

붉은 신호등이 켜지면

도로 위의 벌들은 잠시 숨을 고른다

벌통에서 풍겨 오는 음식 냄새에
빈창자가 꿈틀거린다
하지만 그들이 먹을 것은 없다

헬멧 아래로 흐르는 것은
땀인지 눈물인지
고글 사이로 태양이 외발로 버티고 있다

초록의 눈이 번득이면
우------웅 내달리는 벌 떼들
삶의 파편들이 부딪히는 굉음
고요를 깨는 공기의 파장

스마트폰 액정에 돈으로 치환되는
시간을 가르며
아스팔트 열기 속을 달리는
인간 땅벌.

—「라이더」 전문

영어의 라이더는 무엇인가를 타는 사람, 어떤 탈것 위의
사람을 일컫는 말이지만 요즘엔 하나의 새로운 직업을 칭한
다. 즉 음식을 신속하게 집까지 배달해 주는 전문 배달 기사

를 말한다. 전에는 짱깨, 중국집 배달꾼 등의 말로 약간은 무시하는 투의 이름이었으나 모든 종류의 음식 배달이 가능해지면서 영어 라이더로 통합하여 부르게 되었다. 직업군의 호칭이 달라지면서 인기 직종으로 주목받으며 귀한 대접을 받기도 한다. 한 건이라도 더 배달하려 도로를 아슬아슬하게 달리며 곡예 운전을 하는 것을 보면 가슴이 철렁할 때가 많다. 박경임 시인은 그들의 위험한 일을 보면서 사회의 중요 직업으로 자리 잡은 라이더의 생태와 우리 삶을 연결지었다. 돈을 벌기 위해 생명을 내놓고 일하지만 배고픔을 참아야 하는 처절한 삶. 음식 냄새를 맡으면서도 땀인지 눈물인지를 구분 못 하게 치열한 그들의 삶이 안타깝다. 한 건의 대가로 스마트폰에 입금되는 적은 돈을 모으기 위해 도로를 달리는 그들의 삶을 보며 시인의 눈은 삶의 골짜기에 들었다.

시는 의미를 가진 감정의 그림이다. 생각의 도구인 언어가 소리의 형태로 표출되는 것에 그치지 않고 소리의 의미를 한층 더 높여 언어의 감각 운동을 체계의 반사적인 반응으로 바꿔 언어 이상의 사상과 감정을 표현하는 것이 시이다. 박경임 시인은 이 점에 특출함을 보인다. 문법적인 구조와 법칙, 어휘의 모음에 대한 이해를 정확히 하고 본질적인 관계를 파악하여 언어학적인 연구에 의해 창조적으로 살아 움직이는 언어 구사력을 가졌다. 시의 가장 중요한 목표는 언어의 창조적인 능력을 통해 독자들로 하여금 인간의 사상과 삶의 세계, 정신적인 상상 능력을 인식시키는 일인데, 이것을 심화해서는 독자와 소통하기는 어렵다. 그러나 시인은 어렵지 않은 언어를 사용하면서도 시어를 생물학적 한계와 조건에 얽매이지 않고 한계를 넘어 이상 세계를 지향하는 또 다른 자아를 찾아간다. 시집 상재를 축하하면서 앞으로 더욱 많은 작품으로 독자와 만날 수 있기를 기대한다.

천년의시인선